詩性未來

王聖元

自序

　　2019年，我從花蓮來淡水服務，投入實驗教育的浪潮中，閒暇時仍持續閱讀、創作以及思考，關於生活與生命等重大議題。後來因緣際會參與2022淡水福爾摩莎國際詩歌節，經驗難得，非常感謝主辦單位林盛彬教授的邀請，也至誠感謝李魁賢老師的鼓勵，還有參與詩歌節諸多詩人們的提攜，便趁著這個機會，決定集結詩作，並且勞煩秀威團隊，讓詩集能順利出版。

　　過去至今所寫的詩不少，視角和種類繁多，在揀選上有難度，最後決定以投稿至後山文學新人獎的稿件《星空朔望》之153首為基礎出發。感恩評審老師對作品的建議，讓我能重新審視、刪減、修正以及加入新的作品，幾經調整，終於成為詩集的定稿，總共63首，並以過去所寫但未出版的小說《詩性未來》為名，以下引用小說主角最後所說的話：

> 「過去曾追尋的，此世又再索求／以為已經到達的，卻是一場夢／一再推延，詩的未來好遙遠／如果可以，我許願／許大家一個詩性未來／而我們在那相見。」

　　我們在創造未來，卻不知道未來的模樣，也許這就是我們創造未來的理由，盼望未來能跟自己理想的狀況契合。我堅定相信未來世界會充滿詩意，人們都能揮灑自己的詩性，並且不限於文

字。詩性在字為詩、在顏料為畫、在肢體為舞蹈、在相機為照片、在曲調為音樂，端看每個人的機緣與悸動。讓生命解放、生活豐富、世界美好，這就是《詩性未來》。

我們為了夢想的未來，是真實的活在此時此刻，經歷生活的苦惱與喜樂，面對必然的生老病死等，這與男女老少、種族文化、宗教信仰、公民意識乃至寫詩方法的差別無關。我們透過當下對靈魂的錘鍊，發出的光彩與花火，將燃出未來具象的道途，在這條路上，我們並不怕殉道。

《詩性未來》只是這廣大宇宙中的其中一本詩集，有些實驗與探勘，可能有某些錯誤、失誤、不像一首詩等，對於這些我負起全部責任，僅希望不要太影響閱讀的興致與朗誦的體驗。我期盼《詩性未來》可以有更彈性的詮釋，畢竟大家都帶著不同的經驗與背景，沒有「一定要這樣讀」的限制。

只要願意讀詩或寫詩，就非常令人尊敬，至少令我由衷感佩，詩性世界也因你的閱讀和創作，正在形塑、顯化。

總之，謝謝你對詩的熱愛以及支持，至心感謝！

王聖元

2023.04.27　於淡水

目次

輯三　度量

輯四　星光

輯五　春陽

輯六　不知道

輯一

你說你住在海島

十月的滬尾

十月的滬尾，下起雨來
霧茫的水色，洗滌古城容顏
洗滌忙碌的心，靜聽雨的回音
在黴還沒生根，開啟除濕機
白噪音與風，交替和諧的和弦

居住在十月的滬尾
東北風的撫慰，無關冷暖
準備入冬的情緒，是皓白瑞雪
伴著蒼灰憂鬱的曲調
通勤的足跡，劃過水
濕冷整月，薪火難暖辛勤

預備冬眠，是遺失很久的基因
十月的滬尾，先賢做些什麼？
雨季叩門，讓人哆嗦
或者懶惰，使用不多的特休
鑽取當代穴居文明的火種

十月的滬尾，下起雨來
輕靈將被子烘暖，再拿來
拘留肉身，敲打兩行詩句
在濕冷的十月，刻劃雨季的
截面，張開一把活著的傘

獲刊於《笠詩刊》第352期

棉花糖

從小學後面的窄巷
母親帶我與哥哥
去花崗山的園遊會

攤位、陽光還有
棉花糖,我記得
棉花糖

還有北濱街——那條窄巷
的野狗,來時還沒有
忘了其他,只記得

手上的棉花糖
會在空氣中逐漸萎縮
釋放甜蜜的香氣

蹲下,母親說這樣做
作勢拿石頭
我們也做了丟出的
勢頭

回到家，舌頭滑過棉花
擠壓成粉色的糖
母親說，趕緊吃
不然花就謝了

北濱街，不怕了
即使不用這招

勇氣，如棉花糖
初嘗之後
在心中記憶，成長茁壯

你說你住在海島

你說你住在海島
但背向海睡去
背向海醒來
偶爾看海，說是文青
發發牢騷，然後
背向海奔去

你說你住在海島
但不認識黑潮
說那黑嗎
海是藍的、天是藍的
為何洋流是黑的
你也不認識親潮
說那有多親
是否比父母的血液更親
比Kiss更近
偶爾賣弄地理知識，考了滿分
然後背向海奔去

彷彿你忘了陸地，如同
你忘了陸地旁邊的海洋，如同
你忘記了自己的來處
你說陸地在腳下，踏實
的生活，海是寫詩的靈感
但海危險，禁止泅泳
彷彿你也忘記你最愛的
海鮮，也來自海洋，忘記
你印象最深的夢想，藏在
海上，忘記你原先
海島居民的身分
沒有海，就沒有家

彷彿你忘了陸地
只惦記著微小的身體，腳下
一坪未到的時空
你說你記得陸地，也記得海
然後就沒有了然後，然後
你就忘記了下一句，如同
你忘記了海洋，忘了洋流

忘了前世今生，甚至
再被提醒之前
你忘了換氣，如同
曾經的睡眠呼吸中止症

你說你有腮
在夢裡可以呼吸
可以躍入海洋，在月光下的
海洋，隨著洋流跳舞
你說你住在海島
一半陸地，一半海中
你說你沒有背向海
你說你會換氣，你會記得
如同你好像憶起了什麼

獲刊於《換氣電子詩刊》第15期

我與我兄的地圖

哈那答洞穴
是超夢會出現的地方
在花蓮港入口下

文復路一側
石雕博物館旁
是小剛的道館

我們神奇寶貝的地圖
就這樣子了

多年以來,我們
沒有捉到超夢
也沒有得到勳章

---

* 　神奇寶貝(Pokémon),寶可夢的舊譯。

花蓮高中

依傍東方，面向
大洋，湛藍水手
乘風破浪

百年後
不怕海岸侵蝕
詩人的故土
持續演奏

蔚藍的詩歌
趴臥桌上，海風
捲起青春的味道

海平面與燈塔的
三角函數
重劃學習，陳列
校友的呵護

海洋般，廣大
的智慧，海洋般深度

的靈魂
呼喚、呼喚

屢屢盛開詩意的岸

海島詩抄

一、

共命是火山、地震與海嘯
以及氣候變遷的催逼
即使如此，仍深愛我們的島

沒有人的命運
是氣候難民
海島不是犧牲品

海島的人，歷經風霜，歷經
語言、文化的更迭
認同的鏡面，屢屢破碎
並再度拾起
拼貼新的樣貌
從遺留的傷中勾勒全新而獨立的徑

二、

不論你是誰
都能享受星空與海洋
土壤與晨風

不論你是誰
都能愛著故鄉
或令你成長的新鄉

宇宙微塵的愛恨
情仇將如它的形容一般
逝去
呈現絕對的平等與靜寂

自由的歌聲
不擔憂消逝
總會回來

三、

白天是生命的花火
生命在夜卻更深沉
罪業與黑暗，承襲古代

我們都需要在黎明前寫下一首詩篇
作為晨風的序，當它拂起
我們與夜呀罪的
還有廣袤的祭壇
是被吹熄的火燭的
倒影

見證者
見證一切的虛妄與空無
此刻
我們被自己——
見證者，見證了。

四、

島民，或是愛著島的
大地上
善良的人們

唱出的歌曲，激勵靈魂
收納世界的光，為公義前行

超越言語，不論踩踏哪一條經緯
演奏天堂的樂音
世界聆聽

經歷這輩子唯一的光陰
需要勇氣

勇氣，為了真理
便湧出無盡

---

* 本詩為邦交國詩人們作品的讀後感。

海島天倫

「我聽不懂，因為
阿嬤都說臺語
我不會說。」

（Wǒ ting bù dǒng，yin wèi
A ma dou shuo tái yǔ
Wǒ bú huèi shuo）

「我聽無，因為
阮孫仔攏講國語
伊毋捌臺語。」

（Guá thiann bô，in-uī
Guán sun-á lóng kóng kok-gí
I m̄ bat tâi-gí）

日子過得很快（Jit-tsí kuè liáu tsin kín）
「阿嬤，我知道怎麼說了：」
（A ma，wǒ jhih dào zěn me° shuo le°：）

「A-má，hué lâi--ah！ kuánn-kín lī-khui！tuè Put-tsóo khì！」

流著同樣的血
如異族
說著不同的語言
直到最後一天

家

一、

花蓮是故鄉還是包袱
沒有話語，你已成為了故土
最遠的鄉民
尚未成功（你說的，是一句完成式）
無法卸下沉重的思念，回家

二、

遠居數年，你已經是父親或母親
孩子知道你的故鄉，相信
你說的話，像好山、好水
還有陪著太平洋，浪漲潮落的祖父母
出現在手機的朦朧號碼
視訊的斷續

三、

你知道，這一生可能難以回家
長居故鄉，是令人迷茫的路口
綠燈了，無法前進，紅燈
欲伸出腳，踩踏黑白的底片
過境彩色的迴廊

四、

歲月匐行，沙漏滴落著清晰
嘗試用詩句記敘，然而終成為
片段的浮沫，蒸散於異地
你寫好一封信，囑咐著：
「屆時，把我一同寄回去。」

獲刊於《人社東華》第37期

淡水診療室

夕照說
古今中外的遊子
曾經讚嘆我
但我只想關照你們的生活

稻江說
別難受，有淚就往我身上流
讓大海承受
肩上的淤積，是活過的痕跡

老街說
多少愛與多少恨
刻劃斑駁的磚
一眨眼又是一輩子
在無限裡不斷重塑

五虎崗說
如果你痛苦，但你是貓奴
想想你在老虎的肉球上
歌唱與舞蹈

換你說
淡水總有個地方
是你的診療室
待著半天
便釋放沉寂已久的心靈

　　　　　2022淡水福爾摩莎國際詩歌節作品

鄉蟲

沒有夢想了，蛙鳴
整口消化
田園的漫天星光，漫地
黑
蟲鳴叫好

沒有夢想了，你說
夢想提早退休
年輕的志向是在田園
夜間只有星辰，漫地
黑蚊
下雨前，有大水蟻
鑽木取火

夢想已經沒有了，否則
為何沒鑽出火來
就卸下翅膀
盲目地被吞食
一次又一次

農舍是租借的
是違建，不是嗎？
跟夢想一樣，是借用
他人的，當作自己的
以為是所有權人，擁有
翱翔天際的流星

如果有見地，你會知道
如何蓋一座不被啃噬的城
星子可以布局在億萬年前
如果你有建地
是有夢想才能擁有的結局

田園是一畝想像
蛙鳴是夢的號角
吹出往後的時光

結束鄉村的呻吟
回到都市
五光十色的節拍

持續捕獲
迷路已久的鄉蟲

新淡水人

滬尾是頭，是夢想的起向
是出海口、是入海口
是世上每位尋覓者的渡口
初衷入港，右岸是登陸的方向

初來的意象，流淌在河畔小巷
不論夏熱冬涼，終讓人面向海洋
世界的夕照印鑲在逐夢人的故鄉

前人為愛啟航，文化在淡水飛揚
東西古蹟印象，在地紮根的全球化

福爾摩沙，年年詩響起
遊子抓緊先賢的行跡
踏出滬尾閃耀的光芒
在淡水一同插秧
種出明日金色水岸的璀璨模樣

聽見嗎？
新淡水人的歌唱，早已落地生長

　　　　　　2022淡水福爾摩莎國際詩歌節作品

攀岩

我們總是站在巨人的肩上
有時稱作知識，或山
有時稱作——

出海口，*潺潺美崙溪*
像分離很久的父子
重新認識彼此的良善

爬得上河堤
就是北濱公園
躍躍欲試的我
卡一半

父親早已爬上
伸出手，牽起我
完成第一次的攀岩

父親沒說什麼
像山或知識
或者巨人

肩上的我
什麼也沒說
遠眺太平洋盡頭的
反雲隙光

光照亮世界
發現我們
總是活在巨人的肩上

獲刊於《中國時報人間副刊》2023.03.21

詩性未來

輯二

月
曆

月曆

月曆
紀錄著太陽

紀錄一天

月曆上
點綴瑣碎的大事

那人，今天，活著
不同顏色的筆
紀錄未來的光

小事
適合掛牆上

那人，感恩，活著
不特別盼望 （命運，分歧）

月曆上的太陽們　　　　　　月曆上的太陽們
有許多希望　　　　　　　　有許多希望

但是。　　　　　　　　但是。

生命就這樣　　　　　　生命就這樣
降落　　　　　　　　　降落
降落在月曆上的那一天　降落在月曆上的那一天

往後的太陽　　　　　　往後的太陽
由親愛的　　　　　　　由親愛的
他們，去晒　　　　　　他們，去愛
去傷　　　　　　　　　去秧

月曆上　　　　　　　　月曆上
多是瑣碎的陽光　　　　多是溫煦的陽光

離苦得樂

翻月曆的次數
如同閱歷
年資不一定
使人長大

這些日子以來，賣弄許多知識
或珍藏的冷知識
但牙痛時，還掛不到號
何況死前的迴光返照

拿過去的月曆作錢
燒出空汙
無法證明你已升天
或落地

唸了七十個七
恰巧農民的記憶告訴你
宜是諸事不宜
忌出殯

功德被竊取
賤賣回地獄

翻開月曆，你還沒長大
或長了一顆大頭，頭頭是道
然而

日子無關離苦
否則從古至今
眾生都能
　　　　得樂

正完成的詩

不是誰的門徒
我正完成一首詩

寫詩不需菸酒
就算有，但我沒有癮頭
淡水是豐富的城
文化的心臟
每年的詩歌響起
世界另一端都聽得見

有時，詩句迷濛了眼光

夕照也朦朧著
原來是路人的菸癮
可能他手上有陳明克、謝碧修
或李魁賢

或僅有淡水捷運站的兩行詩
但他讀了

讀詩的人令人尊敬
癮有一段浪漫的原因

這幾年來我正成癮
我正完成一首詩

　　　　　2022淡水福爾摩莎國際詩歌節作品

---

*　陳明克（1956-）、謝碧修（1953-）、李魁賢（1937-），皆為臺灣詩人。

印象機務段

——「師仔，今仔日學啥物？」

剛駐足窗口
又將飛翔的鷹
對勞安設備還懵懂

我也是聽人講：
「別跨越鐵軌，那要罰九萬。」
但我們可以

在機務段爬上爬下
還能領三萬
而工安宣導
是最親切的公案

按理來說
粉塵、油汙與汗
鋪陳明日的安全
黑手、黑臉與減損的聽覺
點亮技師的榮耀

47

你們起飛前
除了有五萬
也要懂這些

意外，流下許多血
百年公司的牌，一次次的傷
閒言閒語是無心的鏢
倏忽地刺入我們的心房

起飛不久的
落地
羽毛，我們曾看過啊——

不僭越大格局
只知道養家，只知道
讓遊子平安歸鄉

廠房內的大朋友
不是編組，而是家人

也不捨年輕飛羽的
凋落

未乾的淚痕
是活下去的潤滑劑
傷口結痂
是英雄之路的徽章

引領彼此，用最髒的雙手
修繕最美的彩虹

老鷹，即將飛翔
──「師仔，辛苦啦！」

辛苦了，不再有傷痛
就飛吧，飛過彩虹

用未來
護念遊子的未來

底層

命中注定要承擔汙穢
即使他們
比人們的口水甘甜

從井底瞥見世界
烏雲總來得快
下起一場場泥巴雨
有時固態，有時
液態，有時只是陰天或
降下金黃的平安
紅色的月

他們如此純淨
平和了瘴癘之氣或者
下痢
或是好端端地
吃廚餘

即使他們比人們的汗水
更辛勤

命中注定要與廢物
同歸於盡

獲刊於《火寺Ra Poetry》第2期

消息

消息掠過空中
像海市蜃樓

如霧，如煙，如煙硝
沒有煙火，但聲響
震耳欲聾，眾人躲藏或
逃往遠處的綠洲（如果有
通常，綠洲在沙漠）

消息太遙遠
潛入海中
被浪打起，那瓶中信
混淆在海廢，隨波
逐流（如果有
消息，一同被回收）

自由，太自由
看不見一履行跡
隱約在新聞與媒體
或是口罩下的呼吸

平安不會平安到來
如同消息，無消無息
明知海的另一端
沒有簡單的平安

沒有消息，心中的憂慮便沒有
證據，皆成妄想
妄想虛構的苦難
僅存於詩句，世界
是光明的烏托邦

消息太遙遠
明明耳膜搔癢
卻泛起淚光

這些年

這些年，還沒準備好
離去的季節
還沒準備好送行
還沒準備好的人

這些年，是活著的人們
的最後世代

最晚百年後，看不見自己的詩句
或殘留在待過的每座城市
的行跡

充實的這些年
無法回憶這些
甚至錯置

——是人腦的極限
怎樣才算活出這些年？
只記得最悲傷
或是最浮誇

二十年前，沒有隔板的早餐店
點了鮪魚蛋餅及大冰奶
記得嗎？其實那天
你是喝小溫紅，配培根蛋堡
打開報紙，第一次看見
副刊可以投稿，詩歌
有其殿堂

這些年，有多少人
將這些年放在心底
層層加密
又任憑流去

就這樣子

就這樣子，躺臥在暗夜
思索每次都是如此思索的
陳年習性，如同信仰與
寫詩的手法，老派沉屙

所以就這樣子了，醒來
是一天，推入火葬，是
一天。月曆上沒有叉，也無筆畫
每天既不同又相同的
沈重的默

默想是神的言語，但是
素未謀面的神
一生聽進多少靈魂
比人靜寂，如廢棄冷爐
沒有生機與香火，未來
可見得，漸得高齡鬱

那就這樣子了，夢裡
什麼都有，有什麼都是夢

真實什麼都沒有，沒有的
是存在的理由

用默，話出新月
旺，只有一天
經常不圓滿是圓滿的經常
就這樣子吧

獲刊於《人社東華》第37期

日子

那些被撕下的
不是垃圾
就是回收

再也無法好好的。

獲刊於《破格詩》2021.11.01

輯三

度
量

自己：很多年後

很多年後
被寫進課本裡的
口罩與疫情
是世界的通用語

最常被學生想起
歷史上的今天
作為考試
是文明的轉捩點

滾動式修正的
類模式
嚴守或開放的
藍天與綠地
旁邊的紅公雞不用去記
但要想起枯萎的洋紫荊

很多年後
被寫進課本裡的
烏鳴與俄餓

還有南太平洋的火山灰
但經常想起的是
臺海，必有一戰

課本不斷擴充狹小的歷史
片段，斷片的時刻
想起母親的笑容
很多年後
寫一首詩來記憶最常想起的名
是現在徬徨的人類對未來
最懇切的忠告
最誠摯的承諾

很多年後
作為最常被想起的自己

獲刊於《有荷文學雜誌》第45期

艾爾‧普魯遜

有人愛他
因為能致富
過著美麗人生

有人討厭他
不想在未來進出醫院
因他而傷（他是無意的）
無意讓人首次就醫就是末期

塞內卡曾對普魯遜評價：
「當我離開他時，如釋重負。」

十八世紀時愛他的多
二十一世紀恨他更多
我想你也討厭他吧？
至今，連聯合國也定罪他

他無話可說
要他，他在
避他，他會消失

（他盡量，他無法保證他——
可是沒人問他）

如同見到死刑犯
「去死！」兩字就是
兩發，碰！碰！
（誰又理什麼脈絡呢？）

他並不怕死
甚至願意，如果他可以
如果他可以被大義滅親
被他的孽親，我們所滅

但為什麼現在你不說話了呢？

獲刊於《人社東華》第37期

---

* 艾爾·普魯遜即Air Pollution。
** 塞內卡（Seneca, 4BC-AD65），古羅馬哲學家。
*** 聯合國兒童基金會（UNICEF）於2017年底提出《Danger in the air》報告書。

那人的獨白十首

一、娑婆

五濁惡世
照著空虛的背影
說是空靈的形影
發散著輪迴的氣韻

二、房

繭居於水泥叢林
蝸牛有殼
蝸居的人也有房
「怎麼還抱怨？」
怕房價被拖累的
人，抱怨著

三、鄙視

打著和平的旗
揮著尊重與包容
看見對方
眼角嘴角與臭腳都抽動著
鄙視的眼光
比太陽大
比海深

四、簡單

輕薄的衣衫
微薄的收入
踏著輕靈的步履
因為沒有責任
沒有家人
沒有夢

五、時光

日出
不帶著希望
日落
帶走了時光
又過了一天
軟禁在世界的牢籠
是否距離自由
近了些

六、兩天

沒有了春天
也沒有了秋天
重播的一天
忘記了氣候變遷
剩下了兩天

有你的夏天與
沒你的冬天

七、人生

算計著硬幣
計算口罩
算著
疫情何時舒緩
何時自由
在人生中展顏
不掛慮人生

八、菸

點菸
一縷白練，像

走遠的思念
菸身不過是肉身
越過，壽命越短
沒有半點貢獻
一手二手與三手
讓人快樂
使人病
呼吸著你的空氣
釋放著你的生命

九、莽夫

騎樓雨滴落
菸熄
思考著人生的莽夫
有何資格思考著
人生

十、深處

細算口袋零錢，再買包菸，回到城市深處。

度量

褪色的筆，古老陳舊的句
藏匿在抽屜，沾染塵埃的潘朵拉
祕密躲在祕境，終其一生不見光
上輩子的我是如此寫詩，用通俗的言語但
真摯的情，像愛人的笑靨
暖陽般的春季

墨水乾罄，宣紙的飛白
印刷紙的橫紋與灰
祕密不用說，浮沉於白、漸斑駁的黃
這輩子的我是如此隱諱地，靜謐著我的唇
真誠的情，像愛人的眼
一瞬便知，無垠白晝

人將灰飛，像火或土
殘破的詩品與自己，畢竟一日
永恆分離，下輩子的我是如此無力
無法尋得前世的靈光，雖然敬畏
像愛人的真心，乞天留於此世
婉拒冬季的捲襲

片段的時局，像社會的批評與眷戀
議題的聚散，都堆疊於角落深處
不論線香或月光，自己是此生唯一的度量
丈算此瞬的正解，無愧靈魂的有光

盛夏

盛夏沒有冷氣的鄉下
老房周遭是熱氣蒸騰的荒漠
樹陰無法遮蔽太陽的眼光
房內陰涼，沒有人多加揣測
畢竟無人的房，無門的門

長廊盡頭，灰燼的味勾引
眾神的魂，日式佛龕沒有任何像
「色即……」沒有被參透的下半生
線香的灰，傳遞著多年的空無

盛夏涼爽的老房
沒有鬼魅，也沒有祖先
沒有後人皈依祖厝的血脈
長廊斑駁，壁癌崩落
冷清的時空，吸納盛夏村落所有的熱

我們離去，不再回頭
也無法再尋得地圖上的路徑
半晌的休憩，走在高齡少子又

薪苦的世道
尋覓自給自足的涼爽

盛夏，剩下為自由拼鬥的自由

獲刊於《中華日報副刊》2023.05.20

黑色悲劇

你知道或不知道，他

在夜裡聆聽
沒有星火的夜空
在夜中開啟音響
傳遞沒有音樂的思念
在夜中驚醒
吞下午後已經過期的藥

你知道或不知道
流行率有多高

身旁的黑洞吞噬所有的光
你嘗試垂釣
收線是一絲絲深沉的夜鷹

他又在啜泣或大吼
被歸類為乩童
看見神明聽見佛

嗅到鬼魅，觸到
祖先斷絕很久的香火

你知道或不知道，他
不會傳染
身陷無奈深井，張眼閉眼
重映一幕幕黑色悲劇

認真

認真生活，沒有縫隙
咀文嚼字
沒有念頭玩弄語法
讓齒在空行中發芽
綻放隱晦的光

眾生都在認真的生活
像是一期一會的考生
若錯一步，扣了分
紛飛的蝴蝶，振翅
吹飛生存的底線

不要輕易地說人們的生活
輕鬆
隨口指謫人們
不認真
或人們都很愚蠢

像寫詩的人
再敏覺的感官，細緻的

感情
也無法描繪全貌
誰能完全成為他人？

深刻的互動，仍有
深刻的分歧
死者無法說話，話說
你的解讀誤區
生者可以說話，話說
你的固執不受

人會更新
一切的言語，皆是斷章取義
拿過去傷害未來
是人類最大的Bug

誰出生即成道，無有惡業
誰像耶穌，可以投擲無罪之石
誰真正繼承了恩賜的性命

不負責任地評價他人
是沒有經過反思的生命
負責任的評價他人
是沒有瞭解責任的意義

都和我一起
向蘇格拉底懺悔去

---

* 蘇格拉底（Socrates, 477-399BC），古希臘哲學家。

詩性未來

輯四

星
光

星光

雖然人們用流星，許願
永恆的愛情
但我們的愛不是流星
我們的愛，默許星光永續
不像稍縱即逝的愛情

畢竟流星會消逝
星光，還有億萬年的旅行

聚落

一、線香

燃燒自己

難聞
也無法超渡他人

二、時鐘

老了
努力了一生

發現，這不過是
原地打轉

原地打轉
發現，這不過是
一生

就這樣老了

三、蜉蝣

再短的生命
都有故事

例如在哪裡出生
或呼吸了幾次

四、蝸居

殼不硬

能蜷曲
是小確幸

五、餘燼

不起眼的角落

燃著
點亮世界的夢

宇宙

斑駁的標籤
搖搖欲墜
有些，已經在地
有些尚未寫明

這是一場宇宙
好多星體
民主、道德、公民
還有法律
還有（　　）主義

看似易懂實則難懂的
標籤
好似貼著就賦予意義，實則
催眠自己

這是一場宇宙
你認為的好是好，壞是壞
宇宙本身卻無這些

你認為宇宙是宇宙，你是你
但宇宙本身卻沒有這些

「宇宙」一詞，被宇宙遺忘

即使無這些，卻客氣地安放詞彙
世界只有演繹的方向
無限又無限的無限後設視野

你提起標籤，上面寫著「好」
把它放在民主旁邊
你撕下「壞」，把它丟在
極權旁邊

標籤的半衰期，沒有公式
你知道在很久之後
脆化而碎為塵埃的那些
連同詞彙，消逝

這是一場宇宙，後來
你望見了標籤外的世界
有藍天綠地，有白雲飛舞
有陽光隨順規律，照應出橘或紅
月亮總是圓滿，你知道不像你所見的

這是一場宇宙
但宇宙本身無這些

詩

---

* 詩已經完成。即使你沒有察覺，也已經聽見。連詩題「詩」亦是多餘。

現代新生活

一、橫的移植、縱的繼承

橫的，移植體脂肪
縱的，繼承腦神經衰亡

二、社會性腦死

網路斷了

三、斑馬

斑馬，躺地上
車不禮讓牠

紅斑馬，待路旁
車想挑戰牠

黃斑馬，站立著
車常親吻牠

四、他人即（　　）

他人在你的生活中生火
讓你在他人的火中生活

五、三維

X、Y和Z
構成空間

禮、義、廉
造成現實

讓我們利用時間軸
呵護初萌的齒

精神

一、太陽精神

不管拒絕或批判
你的善良

一如往常地綻放

二、馬桶精神

再惡臭的
都吞下去

三、車輪精神

承擔重責
在人生路上磨行

終被替換
燒出厭惡的臭氣

磨折的光陰
是圓滿的形體

四、蛤蜊精神

外表剛硬
內在柔和

悄悄吐氣
靜靜爬行
默默努力

疫情潮汐
自主隔離
居家好蛤蜊

五、詩人精神

被詬病清高
不學無術，用斷行
賣弄文字藝術
詩是指南
指引文化的層次
詩是綠地
量測世界生機

憑藉詩人的詩，詩人
無法苟活
（生活需要踏實工作
賺錢，是多數人的日常）
憑藉詩人的詩
陶冶更多蟄伏於深處的
靈魂

詩是港口
讓人休憩，浸潤生活的美
詩是沙灘
讓人寫畫，實驗與重塑都不是錯誤

被詬病的是自己
生命的苦悶，無處宣洩
無處昇華成美麗的神性

詩來自世界
回饋於世界是詩人
應盡的道義

創新，留給創新
詩史在漫長的宇宙廊道拓印
詩，是社會議題的槓桿
讓積累數代的鬱悶有虹吸
紓解人類的精神困境

〈馬桶精神〉獲刊於《詩殿堂》第15期

當你的呼吸成了流星

路燈的白
清楚而明瞭
病床的燈
也是白色的
你說不喜歡
那麼理性

臥室的夜燈
溫煦的橘
不曾讓你失眠
除了客廳的紅
是神主牌
懷思的微光

星辰則有白
橘與紅
還有深遠的藍
你說那有些
憂鬱

雖然青光
比紅光年輕

當你的呼吸
成了流星
我又得如何許願
捉取
你的星痕

老母親說：「隨你，即使
不待在神主牌上
也沒關係」如同
你的活潑

我每晚，都在
找尋一片晴空

獲刊於《笠詩刊》第339期

癮

癮是
抽一盞夜燈的溫煦寫詩
不如躺在床上
吐納窗外的月光

跨足要夢不夢的維度
竊取靈感
我原諒自己的罪刑
卻跳入了池裡
那些詞語，化開成一幕幕
夢話與遊行

當鬧鐘不鬧而遲到不遲
三生三世的工作壓力
也啞了
賤賣了贓物
賣了靈，換了零
碎的時間，再抽一隻吸管
抽早餐店奶茶，是現實的癮

只要用薪
人都能成為人
拼裝生活的軌跡，在哀居
說些哀句，換點業績
只要用心
詩人都能成為人
點化生活的失意，說些詩意
陶冶眾生的性靈

氣氛是癮，而無薪寫詩
讓人無心思妄想
那些油的煤的，別傷害自己
原諒我
我只是吞吐半顆月亮
呼吸整顆太陽

詩性未來

輯五

春
陽

致我所養的小毛貓

一、毛

澎鬆的
動來　動去
療癒的　毛
搔癢著
癢癢的心
癢癢地
笑了出來

今天，我們一樣
要澎鬆澎鬆
要毛毛地
很快樂

二、毛球

有一球
毛毛的　毛球
窩在床上
我的床位

「嘿！這是主人的床位」
我這樣說
毛球看看我，彷彿
是說給我聽的

三、毛頭

在桌旁
有毛頭　探了出來
澎鬆的毛
圓圓的　大頭

大大的　眼睛
注視著我的懷中
柔軟的肚腩　我也有
一跑　一躍
一窩
舒服的毛頭　入眠
舒服的我　入睡

獲刊於《文創達人誌》第87期

烏龜觀察日記

認養兩隻烏龜
我跟女友一人養一隻

養在適當的容器
有適當的光
也有足量的水

久久沒有反應
我們很擔心
是否只有殼，而沒有肉

終於某個下午
我們的烏龜，探出身體
一樣的陽光，一樣的水

我的烏龜，展開了可愛的傘
邊遮陽、邊炫耀

女友的烏龜，持續延展牠的身軀
還沒停止

或許有天
會是世界上最大的龜
碰觸天際線

我的傘龜活在自己的世界
女友的龜叫阿庫帕拉，從久遠的古代轉世
準備承載新的世界

---

*　圓葉山烏龜，原產於泰國的塊根類植物。
**　阿庫帕拉（Akupara），在古印度的宇宙觀中，是背負世界的巨龜。

真愛

愛是
不計肚

春陽

你是春天的陽光
我是春天初生的小豬
在春雷響起後的雨
所造成的小泥巴坑中
打滾　露出肚肚
任憑
你的照耀與撫摸

你是春天的陽光
我是發芽的種子
在溫煦的氣候下
紮根　放心展延
任憑
你的撫慰與照料

你是春天的陽光
我是接受春陽的大地
不論是春雷或是春雨
我都完全擁抱

任憑
春陽的任性與活潑

你是永恆的春陽
我總充滿希望與能量

情路

一天之始，湖光朣朦
蒼穹曡矕，像未醒的
嬰孩
流水潺潺
瀺灂崢嶸，搶出頭的
半山
當風掠撩，望見
沉寥太宇，瞥見
燈火闌珊處
美目流眄
令我心鹿毞毢，心情
翩躚

牽起未來
菡萏伴程，前路便嬛
幸福棽麗，不能一兩句
道盡
一天的初始
永恆的
情路

生活

一、平常

向早晨道早安
晨光的聲音
很清晰
塵埃懸浮的軌跡
描摹宇宙的模型

向午時道午安
我的黑暗極細微
腹肚的神顯靈
該供養了，信徒吃
廟收納

午後，肥肉延展
睡過一個時辰
口水照流，腳
照抽，細胞都很放鬆

向傍晚道晚安
有月亮就掐指算日子
無月亮就滑手機
紀錄夜裡想到的一首詩

很平常
也很珍稀

二、小地方

珍貴的是閒暇
忽略的是小地方
水溝蓋旁的牛筋草
蓋下的蛛網還有暗渠
搖曳，深影暗流
接上溪的主幹

陽光向西傾了幾度
在老舊都市的巷弄裡

高齡的牆斑羞澀
幽暗的公寓門口，閃爍的
燈泡，替線路補妝

配線不是不行
但都更，將完整
鋪陳整座城市的未來

月光就要追上
將景色，換了濾鏡
暗巷依舊的菸蒂、衛生紙
乾癟的吸管、委屈的塑膠袋

空淨的大路，店家井然有序
打包廢棄的生活，待後送
車來，接引，車走，去了哪裡？

深夜，漸漸回到
故鄉的海灘
那片無人的海洋

三、無人的海洋

這片無人的海洋
有陽光
照耀的斑斕海面
有生命
快沒了氣

為什麼無人的海洋
有人呢？
掐住海底的大家
氣管與食道
幽靈在尋覓著
不回家的遊子

無人的海洋
下起雨來
有浪
翻攪表面
大家持續死去

這片無人的海洋
沒有誰看過人
卻有人影
是海底的絕症
末日的病徵

再會！再會！
呼吸微粒、幽靈纏身
是不是大家已經放棄這片
無人的海洋
起身前往
那片無人的海洋
幸福而自在地優游著

而我，依然在這裡苟活。

童詩

一首將成熟的童詩
作為現代，文明卻過於幼稚
卡爾達蕭夫也說：「地球
不過零點七五。」

我想你的閱讀速度飛快
恐怕漏失細節
虛設一些算式，讓你休止
半次呼吸

童心乘以童語等於童詩
幾歲開始
能將童詩立方

漸漸長大
孩童，踏入現代
迷濛了雙唇
學習新的
冗言贅字

肉體與心靈
是正相關
或各憑本事

還沒合和調適
懷著零點七五
小產一首童詩

*　卡爾達蕭夫（Kardashev，1932-2019），俄國天體物理學家。

輯六

不知道

不知道

與宗教無涉，人的來處
是確實的謎
包圍住每個人，以致
無法察覺自己

不　知　道　出　生　以　前

與科技無涉，人的心理
是難以言喻的科學
每一張白紙，映照
文化與社會的縮影

不　知　道　死　亡　以　後

與經濟無涉，人的呼吸
倚賴收入的肺葉
連認識自己的時間，虛擲
在肉身的養殖

不　知　道　，　都　不　知　道

悲慘世界，是無法成為自己
（遑論神佛，殘存無意義的宗教經濟）
苦苦交相賊，直到此世的終結

什　麼　都　歸　零
仍　然　一　無　所　知

囚徒困境

膾炙人口的傳說，關於神
使人遺忘共有的語言
丟擲在七大洲，染上不同文化與膚色
創立多元的制度
以及罪孽

當人們匯聚成一體
會直逼神格
祂將揮舉白旗，肯認
人與神無異

受困不同時空
於兩極，相互質疑
沒有交集

像居住正義的滯留鋒
吹起真實的苦
誰既得利益？沒人記得
揮落臉頰的汗水，西方還在打仗

祂無語。

關於神
真實的都市傳說
世界是祂給人類的
囚徒困境

生老病死

一、生

無細胞、單細胞、多細胞
重構億年的遊魂
是奇蹟——

緣聚人身
諸天禮讚

注定不是經濟奇蹟
將活魂壓縮

一隻看不見的手
榨取活體的原稅

二、老

時間的痕，管你
跨足幾座生命里程

不與他人對照
也沒什麼好說

老是老式的自然潮汐
沖洗執念並洗鍊你的智
總有人會堆疊消波塊，讓自己
仍舊嫩稚，戲稱
老頑童，真巨嬰

三、病

身的心的
自己的、親友的、眾人的、一切的

皆有因，苦來要命
想活沒藥醫
想死，無安樂

身病，精神尚能飛翔
心病，軀體無用武之地

四、死

掛在嘴上
不會早夭或長壽
只是　自然
（對於人類，更常非自然）
但會悲傷——

注定的緣並不是禁忌
（否則，太陽無法照耀人間）
是眾人的師長，教導

愛、禱告、冥想
還有寫詩
銘印珍愛的人
認識自己的性命

不預告回家作業
有時候，像是明天
會訪問你的家

向你提問
哪怕十或八十歲
是否活得像人類？

告解

──「神正透過你看著。」

準備好，就可以在此
訴說最深藏的祕密
尤其，未被人知的過錯

我等你。

在此，務必真誠
面質
該被懺悔的往昔

真罪，永遠是完成式
若問及腦中的那些原型
不怕覺遲，當下滅卻

原罪，你的神已經將其赦免
（如果相信，你就是清白的）
新罪，剛才你所說的

你的神已聽取，並在此刻
淨化了你的靈

相信嗎？如果相信
就重獲新生

你的神
等你。

我在此作為見證，別懷疑
一切都超越時空，如你的神

見證你真誠的告解
見證你的神的慈悲

燭火

祭壇上的燭火，被誰挪用
燃起呼吸，開始說話

亡者到哪裡去了？燭火搖曳
光再快，被祀者阻絕
灰濛的眼，吸納一切

燭火，被點燃，又熄滅
光輝存於一次又一次的
奠儀，祭壇上的燭火

被挪用了，在你，在我
燃燒數年，點燃所有無生命

成為光的來源
原來黯沉的神，只缺乏光

跟亡者相距一絲吸吐
物質僅是科學，你跟我

在億萬年前，或已燃起
承傳，傳承反覆

你就你記得的記得
我就我記憶的記憶

火焰，從深淵的盡頭，躍出
總有火在燃燒，祂的燭火
我們的光

總有我們在燃燒
在喃喃自語，而燭火忽明忽暗

我們總挪用了祂的燭火

無史鳥

大樹無根，枝上的無史鳥
不知自己的來處

徬徨、茫然，然後牠
去索求，過去的地圖

圖上，塗塗改改
其他的鳥，甚至知曉日本時代
祖先在原住民族的屋上築巢

無史鳥不知道自己的來處
過去的圖，不夠清楚
但已是全部的已知

甚至不知道自己的名字
是源於父姓的母姓，還是
母姓的母姓，還是
母姓的母姓的前夫姓

無史鳥的斑紋
無人識得，像個問號

沒有文化，大樹
傾倒，飛在空中
問號滿天

只知道，咿咿是外來語
啞啞是應學的母語
只知道所有鳥類覺得探索文化
是很潮的事，也是應該的事

無史鳥想探討
卻注定面臨一場暴風雨

沒有過往，卻朝著未來
從零開始，拍動自己的航道

向未知飛去──

三首

一、神聖舞蹈

葛吉夫在第四條道路上
走了百年
（無涉第一、第二與第三
眾生，都有自己的門道）

神聖的舞蹈，整合
虛實，三二歸一
頭、手和腳，是不同的路徑
又是相同的路人
（形影不離，一同走路
一同回家）

神聖舞蹈，像你可以
右手寫詩，左手寫散文
現今的能人異士
右腳寫小說、左腳寫評論
口裡含徽墨，渲染眾人

統合身心的舞，任何一支
都能悟道
任何一手、一腳，鑽木
必能取火，火將燃燒
槁木死灰的眾魂

二、蘇菲旋轉

魯米，世人沒有試著
敲響那道門
沒有人知曉
自己的位置，是內
是外

人們嘗試去愛
而把你當作詩人或是
神祕主義者
或是敬愛神的聖賢

愛了什麼
神或人，或是一株無名
的植草
門口已經斑駁
雜藤繚繞

那天，你踏起步伐
世人驚嘆
那天我踏起步伐
開始旋轉起來

地球旋轉
月亮旋轉
太陽旋轉
宇宙旋轉

旋轉
門開啟

恰如其分
恰如沒有任何的名

三、伏藏師的旅行

從現有的字句
創發新語，妙生歧義
提煉語音，或是
從無垠的太空抓取
無形的乙太，黑暗的洞

在室內或躺或坐
外頭下雨，或是天晴
無損尋覓語言的初心
從漢語中敲打音律，或是
在外語中推理，美學的菩提

在深夜或是清晨
忽然發現，語言曾經被隱蔽

身陷極苦處，生命無法
使用現有的詞彙去表義
如同「性騷擾」，如是救贖
據此，踏上永恆的伏藏之行

有形或無形
在東西古今的洪流中
逆行，深潛挖掘埋藏在底土中的
具體，在睡眠或冥想時
釘啄片刻的閃光
驚嚇或是驚喜，在恐懼的暗房牆上
刮落閃閃金光

以詩
將人類的言語
推近造物的維度
知曉更多尋道者殉道
散落在世界
在詩集的某頁
或寒冬的某夜

這將是永恆之行
不論今世或永世
深深明白，這是生命的旨趣
不論是前世，或是
被春天萌芽的生機啟示

當決定寫詩
從此便是伏藏師的旅行

〈神聖舞蹈〉獲刊於《詩驗室》2022冬季號

---

* 葛吉夫（Gurdjieff，1866~1949），俄國神祕主義者。

** 魯米（Rumi，1207~1273），伊斯蘭教蘇菲派神祕主義詩人。

*** 性騷擾，1970年代被發明的詞彙，指一切令他人不舒服，有關性或性別的言行舉止。

**** 伏藏，藏傳佛教裡，指埋藏的珍寶，相傳由蓮花生大士隱藏起來，待後世發現。

***** 伏藏師，指具備發現伏藏能力的修行者。

第一義與多元載體

落入文字語言，是很久以後的事
暫名詩，分門別類
競合高低，排列門戶的牌號

有關詩的第一義
是很久以前的事，在詩不叫做詩
還未建築宏偉的寺院
還未有聖賢、未有信徒

人們用具體來演繹
用文字歌唱
用顏料塗畫
用肢體律動

多元載體
叫詩、叫畫、叫歌、叫舞
叫（　　），當你能用，你是詩人
是畫家、是歌手、是舞者
是（　　）

落入文字語言，是很久以後的事
那個很久，已不是理想的詩境
詩的第一義是無法言說的永恆異地

詩人的格局如太宇
思想大於虛空
載體是薪火
燒盡所有腐朽的
原罪

異地隱晦，但從未離去
腳下的實際

過境

同齡

大批荔枝後
你過飽，擔憂太熱
與體質不符

可宇宙是如此寒涼
你說服自己
這是中和
是陰陽平衡

你猛然想起
熵（忘了它的　音韻）
印象中，世界會錯亂

也活得夠久了——
畢竟你與荔枝同齡
與萬物同齡
在大霹靂之後

物質的起源，或含意識
解構又重構

重購的大批荔枝
在肚裡開始了
熵增
（上次明明好好的）

終於明白
要聽中醫師的話
同時策畫
下次要買的量

暖化

路上的一聲叭
或是看㒼

地球暖化
不是只有環境而已

學校

曾到俄國留學數日
當我仰躺在睡蓮
萌起睡意——

已從愚人學校輟學
依稀記得，哲學課的一個名詞叫歧見

有人說別人愚蠢
覺得別人不是好人
然後笑笑地
羞辱他們

人類為難人類
為難人類是人類
（身為人，很累）

——復學，到公民學校
親證哲學課的另一個名詞叫困境
懸崖之深

兩邊演繹不同的縱橫
縱橫兼取，是另一浮空中島

拉扯中，緩慢前行
巨人被收納在長滿
孑孓的甕

冬天的蟬
叫不出夏季的初啼
聚合煩惱
自找輪迴的原理

（身為人，真的很累）

早知道學分費
不要拿去修讀內省智能了

懂的人痛苦
不懂的人
很幸福

---

* 《愚人學校》，作者為薩沙・索科洛夫（Саша Соколов, 1943-），書之第一章為
〈睡蓮〉。

** 《公民哲學》，作者為鄧育仁教授，提及深度歧見、多元困境。

*** 內省智能（Intra-personal Intelligence）：霍華德・加德納（Howard Gardner，
1943-）所提出的多元智能理論，其中一種智能。

修改

沒辦法作出
不同選擇，如一頓飯
也沒辦法同時
上兩間高中、三間大學

學著抉擇，形塑故事
故事串聯完整的敘事
有人稱為人生
有人說是生命
一條時間線
戰戰兢兢走在其邊緣

我偏不，不浪漫的我
相信平行時空
另外一個我，現在是
大學教授，還有一個是
狂草野獸

挖掘所有時空，聯集
真實的你，不然
都是片面的光影

修改人生或詩作
都是抉擇，只能取捨
有人稱為臣服
有人說是自然
捨掉的會不會是人的本然
取了深層的黑暗

我偏不，不安心的我
試圖抓取平行時空的蟲
證明這為真
是真的，借我一些時間
我知道另外一個我
也在說三道四
畫一幅圖，解說
這是蟲洞
這是詩

翻開詩集的當下
薛丁格的毛貓，必定活著
在這裡，已下了定義

你翻開詩集的當下
曾經夢想的歧路
再度開花
另外一個你或他
已實現了另一篇敘事

你，做了一個抉擇
代表有其他的
故得證：平行時空

──存在
現實與心靈之間
有人稱為小說
有人說是玄學
你會稱它是什麼？

界於理性與浪漫的詩篇
詩的公式，破格算證
宇宙的無限或光的波動
連修改也會成真

有辦法作出
不同選擇，如詩歌
有辦法同時
活在三生三世

這是蟲洞
這是詩，又再
修改了一次

過境

——靈魂用肉體唱歌

回家
海岸，縱谷，還有學校
花中、花師也好
東華也好

許多人過境
許多出生
許多初生
許多出聲
許多
出身——
　　過境花蓮
　　　　過境人生

過境，沒有人，找尋
光陰的片段，批湊零碎的時間線
如同我是一隻羊
過癮是活出自己的善良

157

或如一頭豬
　　　奉獻——

肉身，往南往北
捷運，運著日常表徵
藏匿斜槓
剛巧是時代的正常

每個人都是斜槓
現在，如何撐起
讓弱勢安身立命的
廳堂

堂皇雨季，淡水，阿嬤問著
有沒有見到她女兒？

沒有，她沒有在這
「有沒有見到我女兒？」
沒有，她沒有在這
她在您的記憶的方寸

我不認識您，也不認識您女兒

然後，阿嬤問著
「有沒有見到我女兒？」
我——

有長照保險
當我是一株植物時
　　不管，種在何處
　　　　　都在深處持續寫詩

當遺忘了自己
請朗讀這首詩歌給我聽

月夜映照不能光合作用的
我
　看見了
　　　　夜月
　　　　　　彎彎的
　　　　　　　　像把刀

紗窗
勾破了洞

蟲子固著
從正常的地方鑽研
生命不長
又耗費時光

風不曾揀選來去的出口
我不曾遺忘

為萬世開太平
琬琰為心，卻是
姍姍來遲的

靈魂
　　用肉體唱歌
　　　　　肉體消逝
靈魂不用肉體唱歌
　　　　聽得見嗎？

很久沒有回家
以自己的名過境

交流

一、準備

帶著鉛筆與擦子
（不好意思，擦子是習慣的語詞）

可以有多次的討論
討論詩，或討論進化的擦子
像是海曼的浪漫，或我不在的現場

也可以在頁面上作畫

二、暖場

沒有預設的定式
也許，你先自我介紹
（雖然我聽不到）

但詩集感受得到
這三分鐘的
間界

——裡面的時光，慢
外頭，持續演化
如果你想說：「你先自介。」
來解封

沒問題
就在書封

三、對話

剩下幾首詩，詩意
被前面的，星光唧去
太陽燒盡

餘燼被風吹往海灘
慢慢走下去
試著，挽回這些遺落的。

你覺得
我是個好的詩人嗎？
我甚至不確定還有機會用此方式
跟你互動
（雖然，有自由）

我知道，可能在有些詩裡迷失了
或點燃了某些希望

為何會讀這本詩集？
我想你說的是。

相信未來具足詩意
你也是一位詩人，我辨認出你了
辨認出你了

——未來不遠，已經完成
如果讀完最後一首
回來這邊跟我談談——

你覺得我是個好的詩人嗎？
我期許自己是一位善良的人

四、感恩

我在此寫下我此生的名字

謝謝你的閱讀
讓詩集有了生機

畢竟詩在眼光中活化
在朗誦中開花

---

* 　擦子，東部對橡皮擦的常用稱呼。
** 　海曼・利普曼（Hymen Lipman, 1817-1893），把擦子跟鉛筆尾部結合，曾獲專利
　　又被取消。

詩性未來

借用

忖度今天是最後一天的可能性：（　　　）％
無法否認的是理所當然

吸一口氣，徹底吐盡，認真去相信
今天如此神聖

肉體知道自己的不可抗力
心裡開始酸了起來

擦身而過的光景，不會再來
天上的水氣，循環之後
還會再嚐到嗎？

一年兩年好多年
好多時間被置底，久未翻閱

會心一笑的片刻
或傷心的謊言
理所當然的，這些留不下
也無法帶走

吸一口氣，徹底吐盡，認真去思索
為何這時才體覺生命
如此具體

今天是最後一天的可能性：（　　）％
重新遮住了機率

公布前沒人知曉
這也許是生活扁平化的濫觴

你如何體解今天是最後一天
就是最後一天

跟生命多借了很多次的最後一天

歸宿

稀世珍寶是自由意志
你如是說，知道卻不想坦承
你是監獄之王

布置得炫麗、舒服
如你的家，事實上
這裡就是你家

你知道卻
覺得這樣是自由人生
因為意志是自由的

捻起3C，亮起一張臉
或推或拘了哪些人，在另一窟窿
裡面有什麼呢？
隔壁的他、隔層的他

跟你Say Hello

知道出獄是很痛苦的，因為
覺得出去不自由
你論證：因為會痛苦，得證不自由
在3C中，還分享監獄即天堂，外面一切
遍布虛無與虛假，永恆之苦

大家都同意，誇讚你是神，畢竟曾出去的
不再回來，即使回來
也積極推銷外頭的邪說

你知道外面的那群人說你是洞穴寓言的地下人
你覺得不合時宜，但你瀟灑，不想爭論

稀世珍寶是你在牢裡，卻無限舒適
無限自由，你如是說
在此老死，是自由最美的選擇
地穴，才是人們的歸宿

---

* 　洞穴寓言，古希臘哲學家柏拉圖（Plato, 429-347BC）在《理想國》中的寓言之一。

水生昆蟲的蟲洞夢

泳池是被褥，我仰躺水面
視線穿透天花，靜嗅星空芳香
流星尾巴上，浮沉靈感的句式
抄錄於筆記，投稿也是沉石

畢竟是一隻水生昆蟲
離開泳池，更廣的世界是
具象的血汗，沒有薪情
容易滿足生活，同時
是條枷鎖

每晚躍入泳池
還能瞻仰遠方的天
如此幸福的閒暇，讓人
成為詩人
留點光陰返照自身
詩歌是精練的道渠

地球與我所瞻望的星子
天懸地隔，接近平行的兩種人生
交集的機率令人焦急

我是跨越光年的水生昆蟲
游進深處，搬開沉石
挖掘蟲洞，串聯人與詩的純粹
灌溉海洋，催熟期盼的未竟
在未來完形

一切文學都是翻譯

散文、小說與詩歌，劇本和童話
魯迅、愛默生、王爾德與索柯洛夫
膾炙人口於暢銷榜到邊緣無名而
存於硬碟中，不願投稿的那些
都是譯作（不論是摘自遠方的落果，或是
咫尺的星座）所有的作者都是譯者
傳唱於世上數以萬計的譯本
都是轉譯，翻譯那些翻譯過的
翻譯。誤解源自人們已將
文學分門、別類，類比
太陽、計算閃電，雕琢愛情下的
新陳代謝，卻錯失而不識
原作，如同稱讚的言語像
妙筆生花或得了首獎其實都是
翻譯獎。所有譯作的
原作都是同一位，出席
每一場譯者文思泉湧與枯竭的夜，陪伴
譯者，走過每一場光榮的時刻
認識原作嗎？他現在就在看著
在文學已經被擅自分類之後，也許有人說認識而

175

將他放置於某個段落，而有人
不認識，卻擁有似曾相似的悸動
悖論與糾結，譜出一篇篇
好的譯作，一篇篇被稱作原作，原作
靜默地觀賞每篇譯作的神采
與狂顛，不斷突破與革命
被稱做創新，事實上還是
譯作，翻譯那些原作的
舊作，已經過去很久很久，早在無垠的
過往，超越三大阿僧祇之前的成住壞空
長壽的原作，認識譯者的祖先的祖先的
起源。他的名字有很多：世界、宇宙
神性或言語道斷或涅槃妙心或
任何可以稱呼他的，他完全
不在意，也不會在意只要
繼續翻譯他的創作（當然這是
每個人都知道的，如同你身旁的詩人）
他是天才，不費吹灰
呼口氣便日月如梭，唱一句便
萬籟奏響首首金曲，捻起

笑容，擄獲眾人的心靈，無邊際地
觀照一本本譯作，溫柔送走
一代代譯者，榮耀獻於這些
時光的遊子，在無限中留下
閃耀星痕，等待下一位譯者歌頌
著下一篇偉大的翻譯，翻譯
出原作者的心：所有的文學都是
翻譯，被翻譯的文學，都是
在翻譯這個世界、翻譯自己
輕答一句：這首詩也是翻譯

獲刊於《文創達人誌》第91期

2523

（嘗試用翻譯，將現代的語言──對你而言
是未來式，翻譯成五百年前）

一、臺北

舊名是臺北，在五百年前的
一國之都
繁華與驕傲，如同
資料所載

新名是湖──臺北湖，如同
它久遠的舊名，新名也舊了
四百年前，人們開始移居星空

二、地表之外

肥鼻跟我說他要去火星出差三週
我說我在寧靜海種菜

肥鼻說這根本沒有關聯
我說三週後剛好熟成

肥鼻說三週後說好要去歐羅巴度假,我忘了嗎
我說沒有,我會備好野餐要用的餐

肥鼻說度假跟野餐不同
我說度假有個行程是野餐

肥鼻說我亂說話
我說因為星際資訊的傳遞有霧

肥鼻切斷連線
他不知道，除了餐點，還會帶上他愛的肥肥月兔

噓！這是地表之外的祕密。

三、六百周年詩歌研討會

現在最厲害的詩歌（　　　），這首
作者是（　　　），他的祖先源自
五百年前

（臺北湖下的城市）

早在人們徹底意識到地球末日
懺悔自己是癌的時候
所有語言已被屏棄

難以言詮，但人類的精神，在某一瞬

昇華出一種新式的語言，可用文字但
不拘文字
可以呼吸但不拘呼吸

研討會紀念世界的詩歌發展
尤其臺灣的詩

我聆聽著（　　　　　）朗誦：
「　　　　　　　　　」

果然極致
但未來還有能超越他的詩人

四、老問題

不是命定論，所以別問
彩券號碼。你也不會中
五百年後，已經沒有貧富差距

不要問國與國的關係
這不是重點
五百年後已經是一段精簡的歷史

外星生物？這是歧視
要說出星體的名字
平行時空？不用多說
人人必背的公式：
「　　　　　　　　　」
用以調整你的夢

不要再問老問題
對你重要，但究竟是全然的無意義

五、門

3000年的人有傳來一些消息
但我們不會汲汲營營要趕去那裡

我們是這個時代的存有

你也想要來2523看看，我充分瞭解
但時機未到

你們是你們時代的存有

我沒有說謊，給你一條暗語：
「　　　　　　　　」
作為信物

相信我，時機到時，不管你知不知曉
未來的門都為你敞開
我將親自為你導航

---

* 本詩因相容性問題，部分語言無法順利翻譯轉換。

無神論詩人

在語言的寺院
無神論詩人陷入永恆的悖論

自詡不是信徒
不信神
不落盲與忙的空無

在寺院，卻成了詩的門徒
被分賜祂的光
體悟古老的聖訓：
「當詩要你完成，你就完成了詩。」

如穆斯林、基督徒等名
是他原本不會成為的

供養光陰、燃燒靈魂
靜默半晌天啟
寫下雋永的詩句

他確實從人
成了詩人
在語言的寺院
吹響一曲驚世的號角

無神論詩人，無法言明
詩的來處，即使陷入永恆的悖論
他狂喜
這不可思議的完成

語言文學類　PG2935　秀詩人113

詩性未來

作　　者／王聖元
責任編輯／廖啟佑
圖文排版／陳彥妏
封面設計／王嵩賀

發　行　人／宋政坤
法律顧問／毛國樑　律師
出版發行／秀威資訊科技股份有限公司
　　　　　114台北市內湖區瑞光路76巷65號1樓
　　　　　電話：+886-2-2796-3638　傳真：+886-2-2796-1377
　　　　　http://www.showwe.com.tw
劃撥帳號／19563868　戶名：秀威資訊科技股份有限公司
　　　　　讀者服務信箱：service@showwe.com.tw
展售門市／國家書店（松江門市）
　　　　　104台北市中山區松江路209號1樓
　　　　　電話：+886-2-2518-0207　傳真：+886-2-2518-0778
網路訂購／秀威網路書店：https://store.showwe.tw
　　　　　國家網路書店：https://www.govbooks.com.tw

2023年6月　BOD一版
定價：290元
版權所有　翻印必究
本書如有缺頁、破損或裝訂錯誤，請寄回更換

讀者回函卡

國家圖書館出版品預行編目

詩性未來 / 王聖元著. -- 一版. -- 臺北市：秀
威資訊科技股份有限公司, 2023.06
　　面；　公分. -- (語言文學類 ; PG2935)(秀
詩人 ; 113)
　　BOD版
　　ISBN 978-626-7187-89-0(平裝)

863.51   112006354